心に憧れた頭の男

山田孝之

Takayuki Yamada

1983.10.20~

全　て』

この道を目で観ても何も見えない
この道には記憶がある
その記憶は彼の全て

彼はその道に一つの花を見つけた
目で見える花
その花は彼の全てになった

彼は花を捨て記憶を求めて道にきた
記憶が消えそこにあるのは彼だけ
彼が彼の全てになった

彼は彼を捨てず記憶を求めた
彼は彼を捨てず花を求めた
彼は彼を捨てず花と記憶を見つけた

彼は記憶が全てではなく
彼は花が全てではなく
彼は彼が全てではない

彼は全てを捨てた

#『無に』

この道を目で観ても何も見えない

この道には記憶がある

その記憶は彼の全て

彼はその道に一つの花を見つけた

目で見える花

その花は彼の全てになった

彼は花を捨て記憶を求めて道にきた

記憶が消えそこにあるのは彼だけ

彼が彼の全てになった

彼は彼を捨てず記憶を求めた

彼は彼を捨てず花を求めた

彼は彼を捨てず花と記憶を見つけた

彼は記憶が全てではなく

彼は花が全てではなく

彼は彼が全てではない

彼は全てを捨てた

希　望』

明日と昨日どちらに希望を感じるかな

ボクは昨日

ボクにとって明日は夢

昨日は希望

希望を信じて夢を見る

大体夢は叶わない

でも夢が叶わない事って悪くないんじゃないかな

昨日は最低な一日だった

その最低な一日が明日を支える

そんな風に思えばさ

きっと自然に生きれるよ

人に言うのは簡単なんだ

自分になんか言えないよ

ボクは日々希望を笑い

ボクは日々夢を笑う

ボクの希望は笑えてくる

ボクの希望は最高に下手糞な画家の絵みたいなもんだ

そいつをボクは日々眺めてる

死ぬ迄笑顔でいれそうだ

『笑え

明日と昨日どっちに希望を感じるかな

ボクは昨日

ボクにとって明日は夢

昨日は希望

希望を信じて夢を見る

大体夢は叶わない

でも夢が叶わない事って悪くないんじゃないかな

昨日は最低な一日だった

その最低な一日が明日を支える

そんな風に思えばさ

きっと自然に生きれるよ

人に言うのは簡単なんだ

自分になんか言えないよ

ボクは日々希望を笑い

ボクは日々夢を笑う

ボクの希望は笑えてくる

ボクの希望は最高に下手糞な画家の絵みたいなもんだ

そいつをボクは日々眺めてる

死ぬ迄笑顔でいれそうだ

飢えた気持ちを満たす為

気持ちを一つそこらに捨てる

空いた場所にはまた一つ

新たな気持ちが入り込む

気持ちを入れ替え新たな場所へ

新たな場所には新たな気持ち

気持ちを一つそこらに捨てる

空いた場所にはまた一つ

新たな気持ちが入り込む

気持ちの変化に飽きがきて

気持ちを一つそこらに捨てる

気持ちの無いまま新たな場所へ

新たな場所は新たに非ず

気持ちを求めて元いた場所へ

元いた場所は新たに変わり

新たなこの地で飢えに飽き

求めぬ自分を求めてる

「

飢えた気持ちを満たす為

気持ちを一つそこらに捨てる

空いた場所にはまた一つ

新たな気持ちが入り込む

気持ちを入れ替え新たな場所へ

新たな場所には新たな気持ち

気持ちを一つそこらに捨てる

空いた場所にはまた一つ

新たな気持ちが入り込む

気持ちの変化に飽きがきて

気持ちを一つそこらに捨てる

気持ちの無いまま新たな場所へ

新たな場所は新たに非ず

気持ちを求めて元いた場所へ

元いた場所は新たに変わり

新たなこの地で飢えに飽き

求めぬ自分を求めてる

望』

有りのままに生きた結果がこれなんだ
これ以上なんて望んでない
ボクにはそろそろ限界ってヤツが見え始めてる
やめてくれよ
なぜボクに限界を超えさせようとするんだ
そんなものボクは望んでない
キミにはキミの目的があるじゃないか
キミの気持ちとボクの結果を重ねないでくれ
そこに折り合いをつけた結果がボクには見えてるんだ
ボクが立ってるこの場所がどんな所か分からないだろ
キミのいる所からでは見えないだろ
これ以上ボクを追い詰めるのはやめてくれ
ボクの朽ちてく姿がそんなに見たいのかい
ありがとう
キミのその姿勢がいつもボクを楽にさせる
さあ一緒に行こう
キミの望む本当の場所へ
キミの望みに応えてやるよ
さあ一つになろう
誰にも邪魔されない様に周りを確認しながら
ボクはキミに気づかれない様に確認しながら
ボクに背中を向けるその時か
ボクが背中を向けるその時を
誰にも気づかれない様に一緒に待とう
ありがとう
本当にありがとう
全てをキミの責任に出来そうだ

『希

有りのままに生きた結果がこれなんだ
これ以上なんて望んでない
ボクにはそろそろ限界ってヤツが見え始めてる
やめてくれよ
なぜボクに限界を超えさせようとするんだ
そんなものボクは望んでない
キミにはキミの目的があるじゃないか
キミの気持ちとボクの結果を重ねないでくれ
そこに折り合いをつけた結果がボクには見えてるんだ
ボクが立ってるこの場所がどんな所か分からないだろ
キミのいる所からでは見えないだろ
これ以上ボクを追い詰めるのはやめてくれ
ボクの朽ちてく姿がそんなに見たいのかい
ありがとう
キミのその姿勢がいつもボクを楽にさせる
さあ一緒に行こう
キミの望む本当の場所へ
キミの望みに応えてやるよ
さあ一つになろう
誰にも邪魔されない様に周りを確認しながら
ボクはキミに気づかれない様に確認しながら
ボクに背中を向けるその時か
ボクが背中を向けるその時を
誰にも気づかれない様に一緒に待とう
ありがとう
本当にありがとう
全てをキミの責任に出来そうだ

は　死　』

生きる意味を求め

生きた証を求め

死ぬ事を美化し

自分の考えを正当化しようとする

明日の恐怖に怯え

昨日の幸を鼻で笑い

今日の自分に疑問を抱き

自分の存在を否定する

自分の存在理由を問われ

答える事のできない今

孤独の境地に立つボクを

楽しく見ている人々に

助けを求めるボクがいる

ボクはただ

人より少し自分に対する愛が無い

ボクはただ

人より少し人に対する愛が無い

ボクはただ

自分の考えを正当化しようとしている

『生き

生きる意味を求め

生きた証を求め

死ぬ事を美化し

自分の考えを正当化しようとする

明日の恐怖に怯え

昨日の幸を鼻で笑い

今日の自分に疑問を抱き

自分の存在を否定する

自分の存在理由を問われ

答える事のできない今

孤独の境地に立つボクを

楽しく見ている人々に

助けを求めるボクがいる

ボクはただ

人より少し自分に対する愛が無い

ボクはただ

人より少し人に対する愛が無い

ボクはただ

自分の考えを正当化しようとしている

成功』

ボクは今何故ここに居るのか
それはボクの父と母が子供が欲しかったから
そして父と母の意思によってボクは作られた
二人はボクに何を求めているのだろう
他人が作った決まりや流れに沿う
そんなまともとされている人間になる事だろうか
もしそれが両親の意思ならばボクは失敗作だろう
誰が後悔して誰が責任をとれば良いのだろう
ボクの父か
ボクの母か
ボク自身だろうか
人々が決めた答えをコレが答えだとボクに押し付けるなら
なぜボクを人々から除外するのかを問うだろう
下らない答えが返ってくる事が分かっていても問うだろう
だからボクは多数決なんていう最低な結果が嫌いだ
全ての答えが多数決で決められてしまった今
少数派に押し込まれたボクはどうすればいいのだろう
そこまで追い込むのならボクの生死も多数決で決めて欲しいものだ
そしてその時少数派に付いた人々の顔を見ながら祝杯をあげよう
そして死んだボクの笑顔に酒を浴びせてくれ
そこから解放された時の喜び程美味い酒が飲める事は無いだろう
その時泣いている人々程ボクに憎しみと笑顔を与えてくれるモノは無いだろう
死
望むか目を背けるかは個人の自由
ただボクはそれを望む少数派なだけだ
それを否定する多数派の非情な人々
自分勝手にも程が在る事を知ってくれ
ボクにとって貴方達程の悪は他に存在しない
人類は失敗作だ
これがボクの答えだ
そしてボクも貴方もその人類だ

人類』

ボクは今何故ここに居るのか

それはボクの父と母が子供が欲しかったから

そして父と母の意思によってボクは作られた

二人はボクに何を求めているのだろう

他人が作った決まりや流れに沿う

そんなまともとされている人間になる事だろうか

もしそれが両親の意思ならばボクは失敗作だろう

誰が後悔して誰が責任をとれば良いのだろう

ボクの父か

ボクの母か

ボク自身だろうか

人々が決めた答えをコレが答えだとボクに押し付けるなら

なぜボクを人々から除外するのかを問うだろう

下らない答えが返ってくる事が分かっていても問うだろう

だからボクは多数決なんていう最低な結果が嫌いだ

全ての答えが多数決で決められてしまった今

少数派に押し込まれたボクはどうすればいいのだろう

そこまで追い込むのならボクの生死も多数決で決めて欲しいものだ

そしてその時少数派に付いた人々の顔を見ながら祝杯をあげよう

そして死んだボクの笑顔に酒を浴びせてくれ

そこから解放された時の喜び程美味い酒が飲める事は無いだろう

その時泣いている人々程ボクに憎しみと笑顔を与えてくれるモノは無いだろう

死

望むか目を背けるかは個人の自由

ただボクはそれを望む少数派なだけだ

それを否定する多数派の非情な人々

自分勝手にも程が在る事を知ってくれ

ボクにとって貴方達程の悪は他に存在しない

人類は失敗作だ

これがボクの答えだ

そしてボクも貴方もその人類だ

と　悪』

正義を求めるキミがいる

悪を求めるキミもいる

ボクはどちらだろうか

ボクは正義だと言いそれを信じるキミがいる

ボクは悪だと言いそれを信じるキミもいる

ではどちらが正解だろう

ボクはとても綺麗な正義であり

ボクはとても汚い悪なんだ

そしてね

ボクはとても汚い正義であり

ボクはとても綺麗な悪なんだ

キミはどちらだろう

キミは正義かな

キミは悪かな

ボクもキミも最高な人間じゃない

ボクもキミも最低な人間じゃない

最高に最低なだけなんだ

それ以上も

それ以下も

求める必要なんて全くない

『正義

正義を求めるキミがいる

悪を求めるキミもいる

ボクはどちらだろうか

ボクは正義だと言いそれを信じるキミがいる

ボクは悪だと言いそれを信じるキミもいる

ではどちらが正解だろう

ボクはとても綺麗な正義であり

ボクはとても汚い悪なんだ

そしてね

ボクはとても汚い正義であり

ボクはとても綺麗な悪なんだ

キミはどちらだろう

キミは正義かな

キミは悪かな

ボクもキミも最高な人間じゃない

ボクもキミも最低な人間じゃない

最高に最低なだけなんだ

それ以上も

それ以下も

求める必要なんて全くない

宿　命』

繰り返し繰り返し

日々与え続けられるモノ

繰り返し繰り返し

日々奪い取られるモノ

キミはその全てを受け入れ同時に拒絶し続けている

ただ一つだけでも決して受け入れられぬ何かがあれば

ただ一つだけでも決して拒絶せぬ何かがあれば

そうすればキミの望むモノも見えてくるだろう

そうすればキミの望む場所にも行けるだろう

この流れに逆らう必要は無い

この流れを利用して進めばいい

キミの望むモノを与える力はボクには無い

キミの望むモノはキミの中にある

繰り返し繰り返し

キミがいなくなった今

ボクはまだここにいる

ボクと出会い

皆消えていく

『拒絶』

繰り返し繰り返し

日々与え続けられるモノ

繰り返し繰り返し

日々奪い取られるモノ

キミはその全てを受け入れ同時に拒絶し続けている

ただ一つだけでも決して受け入れられぬ何かがあれば

ただ一つだけでも決して拒絶せぬ何かがあれば

そうすればキミの望むモノも見えてくるだろう

そうすればキミの望む場所にも行けるだろう

この流れに逆らう必要は無い

この流れを利用して進めばいい

キミの望むモノを与える力はボクには無い

キミの望むモノはキミの中にある

繰り返し繰り返し

キミがいなくなった今

ボクはまだここにいる

ボクと出会い

皆消えていく

と　黒　』

目の前の真っ白な紙をボクは好きな色で染めた

楽しくて嬉しくて必死に染め続けた

綺麗には染まらなかったけどとても達成感を得ることが出来た

真っ白な紙を持ち上げ眺めていたら

紙からはみ出して真っ白な床に色をつけていたことに気がついた

綺麗にした方が良いと思ったから床も染めることにした

床を染めていると壁や天井までも染めたくなり部屋中染めた

紙を染めた時よりも下手くそが多かったけどそれでも良かった

綺麗になった部屋を眺めてたら部屋の端に扉を見つけた

部屋から出ると真っ白な街が広がっていた

あまりにも広大で染め上げるなんて無理かなと思った

でも紙や部屋を染め上げた時の喜びを想うと挑戦したくなった

ボクは街を染め続けている

と白』

目の前の真っ白な紙をボクは好きな色で染めた

楽しくて嬉しくて必死に染め続けた

綺麗には染まらなかったけどそれでも達成感を得ることが出来た

真っ白な紙を持ち上げ眺めていたら

紙からはみ出して真っ白な床に色をつけていたことに気がついた

綺麗にした方が良いと思ったから床も染めることにした

床を染めていると壁や天井までも染めたくなり部屋中染めた

紙を染めた時よりも下手くそが多かったけどそれでも良かった

綺麗になった部屋を眺めてたら部屋の端に扉を見つけた

部屋から出ると真っ白な街が広がっていた

あまりにも広大で染め上げるなんて無理かなと思った

でも紙や部屋を染め上げた時の喜びを想うと挑戦したくなった

ボクは街を染め続けている

と　黒

街を染めるボク

前よりもずっと下手くそが多かったけどそれでもボクは染め続けた

ボクの優越感や虚無感

キミの疑問と否定

キミが染めた時と全く同じように

キミが優越感と虚無感で染め上げたこの真っ白な街を

ボクが真っ黒に染める

ボクの否定と虚無感

自由な白だからボクは染めた

黒とも知らずに

黒を否定し白も否定するボク

部屋の真っ黒な紙を真っ白に染め直し

キミと助けを待ち続けている

白と

街を染めるボク

前よりもずっと下手くそが多かったけどそれでもボクは染め続けた

ボクの優越感や虚無感

キミの疑問と否定

キミが染めた時と全く同じように

キミが優越感と虚無感で染め上げたこの真っ白な街を

ボクが真っ黒に染める

ボクの否定と虚無感

自由な白だからボクは染めた

黒とも知らずに

黒を否定し白も否定するボク

部屋の真っ黒な紙を真っ白に染め直し

キミと助けを待ち続けている

る月』

ただ物足りないだけじゃない

全てが足りないんだ

求める以外は必要ない

諦める以上に意味がない

また綺麗な月が見たいから

あの下品な夕陽を忘れよう

誰もが知ってるあの場所で

誰も知らない事をしよう

いつからだろう

求める事に恐怖を覚えたのは

あの下品な夕陽を忘れようとしているボクは

この綺麗な月さえ下品に見える

『燃え

ただ物足りないだけじゃない

全てが足りないんだ

求める以外は必要ない

諦める以上に意味がない

また綺麗な月が見たいから

あの下品な夕陽を忘れよう

誰もが知ってるあの場所で

誰も知らない事をしよう

いつからだろう

求める事に恐怖を覚えたのは

あの下品な夕陽を忘れようとしているのは

この綺麗な月さえ下品に見える

阻　止』

この視界の中で絶え間無く起こる爆発

その爆発を握り潰すかの如く現れる力

この穏やかな気持ちのままで

余りにも美しい爆発を平然と見下し

共に爆発を感じている

視界の右上で起きた新たな青い爆発

誰もがコレに驚く

自ら青き爆発を起こす者

決してコレを青と認めぬ者

また何れ

青き爆発を握り潰すかの如く青き力が生まれるのだろう

黒や

赤や

永遠と

果てし無く

何れ

共に

生　誕』

この視界の中で絶え間無く起こる爆発

その爆発を握り潰すかの如く現れる力

この穏やかな気持ちのままで

余りにも美しい爆発を平然と見下し

共に爆発を感じている

視界の右上で起きた新たな青い爆発

誰もがコレに驚く

自ら青き爆発を起こす者

決してコレを青と認めぬ者

また何れ

青き爆発を握り潰すかの如く青き力が生まれるのだろう

黒や

赤や

永遠と

果てし無く

何れ

共に

今　』

夕日が沈む西の空が綺麗でも

東の空が汚いとは限らない

透き通る程の純白があれば

腐り切った白もある

目の前に血の海が広がり

真後ろには死骸の山が聳え立つ

右には左があり

左には何も無い

ボクはキミの立ち位置に立ち

キミはボク等の眼を捨てる

昨日未来を捨てた今日のボクは

今何処にいるのだろう

興味は無いが

何処だろう

『時』

夕日が沈む西の空が綺麗でも

東の空が汚いとは限らない

透き通る程の純白があれば

腐り切った白もある

目の前に血の海が広がり

真後ろには死骸の山が聳え立つ

右には左があり

左には何も無い

ボクはキミの立ち位置に立ち

キミはボク等の眼を捨てる

昨日未来を捨てた今日のボクは

今何処にいるのだろう

興味は無いが

何処だろう

生まれるモノ』

何時も同じ場所で起き

何時も同じ場所で寝ているけれど

ボクは今何処にいるのだろう

ボクはこれから何処へ行くのだろう

その答えを唯一知っているキミがいなくなってしまった

キミを探すべきなのか

答えを探すべきなのか

今日のボクはまだ

明日のボクはきっと

ボクの小さな未来は消え

キミの小さな過去は消える

キミとボクの儚く激しい想いは消え去り

大半の物事のくだらなさを知り

やっと

やっと笑えた

笑顔と泣顔の違いを知らないボクだけど

やっと笑えた

『死ぬモノから

何時も同じ場所で起き

何時も同じ場所で寝ているけれど

ボクは今何処にいるのだろう

ボクはこれから何処へ行くのだろう

その答えを唯一知っているキミがいなくなってしまった

キミを探すべきなのか

答えを探すべきなのか

今日のボクはまだ

明日のボクはきっと

ボクの小さな未来は消え

キミの小さな過去は消える

キミとボクの儚く激しい想いは消え去り

大半の物事のくだらなさを知り

やっと

やっと笑えた

笑顔と泣顔の違いを知らないボクだけど

やっと笑えた

境　地』

待っているからだ

今が今以降を創っている事はキミも知っているはずだ

ボクは間違いなくキミ以外の何かを待っている

キミも間違いなくボク以外の何かを待っている

それ以上を望んでいる

だから人は生きれる

そんな自分を否定し同時に肯定出来るから人は生きれる

だから

そんな自分を確かめたくて

明日も生きれる

今も生きれている

キミの大嫌いなあの絵

ボクの大好きなあの絵

それを含めボクと居るキミ

それを含めキミと居るボク

だから僕らは今も生きれているんだ

だから僕らはこれからも死ねるんだ

最高だよ

最高に腐りきっている

『諦め』

待っているからだ

今が今以降を創っている事はキミも知っているはずだ

ボクは間違いなくキミ以外の何かを待っている

キミも間違いなくボク以外の何かを待っている

それ以上を望んでいる

だから人は生まれる

そんな自分を否定し同時に肯定出来るから人は生まれる

だから

そんな自分を確かめたくて

明日も生まれる

今も生まれている

キミの大嫌いなあの絵

ボクの大好きなあの絵

それを含めボクと居るキミ

それを含めキミと居るボク

だから僕らは今も生まれているんだ

だから僕らはこれからも死ねるんだ

最高だよ

最高に腐りきっている

世界』

夜の階段を上がるのか

朝の階段を下るのか

前からの風を受け止めるのか

後ろからの風を避けるのか

どちらでもいいのだ

大切なのはキミという視点

その頼りにならない視点

みなその頼りにならない視点を信じ生きてゆく

この吐き気がする世界で

自分を信じ

自分を騙し

生きてゆく

死ぬ為に

『最高

夜の階段を上がるのか

朝の階段を下るのか

前からの風を受け止めるのか

後ろからの風を避けるのか

どちらでもいいのだ

大切なのはキミという視点

その頼りにならない視点

みなその頼りにならない視点を信じ生きてゆく

この吐き気がする世界で

自分を信じ

自分を騙し

生きてゆく

死ぬ為に

観』

さあゆこう

お気に入りの帽子をボクの天辺に乗せ

右手に人々への憎しみを大事に大事に握り締め

動物の革で出来たブーツを冷たく冷たく肌で感じて

周りに何が有ろうとも

周りに何も無いと思える迄

ただひたすら自分を苦しめ続け

さあ帰ろう

ボロボロになった帽子をボクの天辺に乗せ

左手に人々への愛情を粗末に粗末に引きずり回し

動物の毛で出来たコートに優しく優しく片思いで抱かれて

人生通して大体同じ歩幅で歩き大体同じスピードで脈を打つ

そんな自分に嫌気が差し意識して歩幅を変え無理して脈拍を変化させる

この帽子が無くなった時何も感じずにいられるだろうか

人々への自分勝手な要望は消えるのだろうか

動物達の哀れな想いが届く日は来るのだろうか

全ては同時に訪れる

ボクが消えたその瞬間

『主』

さあゆこう

お気に入りの帽子をボクの天辺に乗せ

右手に人々への憎しみを大事に大事に握り締め

動物の革で出来たブーツを冷たく冷たく肌で感じて

周りに何が有ろうとも

周りに何も無いと思える迄

ただひたすら自分を苦しめ続け

さあ帰ろう

ボロボロになった帽子をボクの天辺に乗せ

左手に人々への愛情を粗末に粗末に引きずり回し

動物の毛で出来たコートに優しく優しく片思いで抱かれて

人生通して大体同じ歩幅で歩き大体同じスピードで脈を打つ

そんな自分に嫌気が差し意識して歩幅を変え無理して脈拍を変化させる

この帽子が無くなった時何も感じずにいられるだろうか

人々への自分勝手な要望は消えるのだろうか

動物達の哀れな想いが届く日は来るのだろうか

全ては同時に訪れる

ボクが消えたその瞬間

咲き』

人々の憎しみを全て集め窓に映る太陽に翳して観る

窓の外に居る赤目の猫が言った

『お前の偽善は見ていて気持ちが良いよ』

気にする事は無い

あいつの目はまだ赤く光っている

こうして見ると人々の憎しみなど綺麗な物だ

その先の太陽が透けて眩しいのだから

こいつを見る度に俺は優しくなれる

人々の愚かさに

人々の脆さに

『己を人々のせいにするのは楽だよな』

赤目の猫を殺す為外に出た

外の世界は俺には勿体無い程美しかった

そして赤目の猫は泣き

俺は初めて笑う事が出来た

『狂い

人々の憎しみを全て集め窓に映る太陽に翳して観る

窓の外に居る赤目の猫が言った

『お前の偽善は見ていて気持ちが良いよ』

気にする事は無い

あいつの目はまだ赤く光っている

こうして見ると人々の憎しみなど綺麗な物だ

その先の太陽が透けて眩しいのだから

こいつを見る度に俺は優しくなれる

人々の愚かさに

人々の脆さに

『己を人々のせいにするのは楽だよな』

赤目の猫を殺す為外に出た

外の世界は俺には勿体無い程美しかった

そして赤目の猫は泣き

俺は初めて笑う事が出来た

重　化』

あの気高く優美な後ろ姿

ただの一度も疑う事は無く

生かし続ける

盲者は言う

「その弱さがお前を弱くする」

気高く優美な

疑う事は無く

消えては補い

無形を形成し

疑う事は無く

ただ死に続ける

息を吹き返すその日の為に

疑う事無く死に続ける

真実なんて曖昧な物等

端から見る気など無いのだから

全てが終わり

全てが始まる

孤独を愛せた者こそが

全てを愛せる道を知る

『軽視』

あの気高く優美な後ろ姿

ただの一度も疑う事は無く

生かし続ける

盲者は言う

「その弱さがお前を弱くする」

気高く優美な

疑う事は無く

消えては補い

無形を形成し

疑う事は無く

ただ死に続ける

息を吹き返すその日の為に

疑う事無く死に続ける

真実なんて曖昧な物等

端から見る気など無いのだから

全てが終わり

全てが始まる

孤独を愛せた者こそが

全てを愛せる道を知る

ロール』

嬉しい時にただ嬉しいと

悲しい時にただ悲しいと

言えなくなったのは何時からですか

雨が降ったら傘を差す

晴れた日に空を見上げる

出来なくなったのは何故ですか

ボクの足の裏にはタイヤが付いてしまった

ボクの心には立派な鍵が付いてしまった

ボクの頭にはアンテナが付いてしまった

水を与えられた植物が芽を出し花を咲かせる

そんな奇跡を当たり前と思ってしまう程にボクは

得過ぎてしまった

失い過ぎてしまった

今でもボクは

ボクに笑わされている

『コント

嬉しい時にただ嬉しいと

悲しい時にただ悲しいと

言えなくなったのは何時からですか

雨が降ったら傘を差す

晴れた日に空を見上げる

出来なくなったのは何故ですか

ボクの足の裏にはタイヤが付いてしまった

ボクの心には立派な鍵が付いてしまった

ボクの頭にはアンテナが付いてしまった

水を与えられた植物が芽を出し花を咲かせる

そんな奇跡を当たり前と思ってしまう程にボクは

得過ぎてしまった

失い過ぎてしまった

今でもボクは

ボクに笑われている

感覚のある残酷さ

優

感覚の無い優しさ

他

制限する妥協

自

開放する抑制

生き埋めにした己の本能に

涙

強

涙を流す強者であれ

否

他を否定することで己を守る

肯

他を肯定することで己を殺す

誘

光が闇を使い己を殺す

闇が光を使い光を殺す

価値をハカリ距離を知れ

測

距離を知り己をハカレ

気の早いコオロギと
往生際の悪い蝉の合唱が
頭を、心を、おかしくさせる
何でもいい、理由が欲しいんだ

無意味なことは分かっている
それでもいいから理由をくれ
生きていたいんだ、俺はただ

君には〝何か〟があるか
有ると言えば人は君を傲慢だと言うだろう
無いと言えば人は君を名も無き詩人だと笑うだろう
君は〝何か〟を求めているか
求めているなら人は君を無謀で盲目だと言うだろう

求めていないなら人は君を無欲な賢人だと見下すだろう

己を信じ、己を疑い

人を信じ、人を疑え

人を目指せば己は創られん

人類は、人類を繁殖させる為に幾つものルールを作ってきた

そして人類は、そのルールに従わす為の幾つもの感情を作ってきた

しかし人類の中には、その作られたルールに疑問を抱く者が現れた

そこで人類は、人類を秤にかけることを選んだ

その時、秤にかけられ上から人類を見下ろした者達は、下から見上げる人類によって忘れられてきた

人類は、人類を繁殖させる為に地球上で最も人類を忘れてきた

そんな賢い人類に、人類の作った酒を、人類が作ったグラスに注ぎ、人類と共に、祝杯を上げよう

人類に、乾杯

緊張感や価値観の違いからズレが生じ摩擦が起きる
貴方は今、何処にいますか?
私は今、何処だと思っていますか?
私はいつもと変わらずここにいます
貴方は今、何処ですか?
私は今もここにいます
何故私の居場所がわからないのですか?
私はここにいます

貴方は今、私が見えていますか？
助けてください
いつもと同じ場所で苦しんでいます
助けてください
何故いつもの場所がわからないのですか？
私はここにいます
私は痛がっていますが苦痛を感じますか？
貴方は今、何処にいますか？
私は今、ここにいますか？

雨が降る時、空は暗いが心は晴れる
夜が明ける時、空は晴れるが心は暗い

生きたいと思った時、気持ちは落ち込み身体は冷える
死にたいと思った時、視界は晴れ全てに優しくなれる

楽しい状態の時、次の寂しさの支配が始まる
寂しい状態の時、次の楽しいさえ寂しくなる

人を愛した時、人が見えなくなる
人と別れた時、人が見えなくなる

怒りや喜びが繰り返し向かってくる
そしてその数と同じだけ引き返していく
何と共鳴するでもなく
何処へ向かうでもなく

ただ呆然と立ち尽くしている

いつからなのか

いつまでなのか

あの日消滅したはずの僕が今なぜ存在しているのだ

頭の中を走り回り脳をかき乱す
喉を通過する時吐き気に苦しむ僕など見えていないかの様に進みを止めない
肺や心臓を巻き込み間も無く身体全体を狂わせる

最近よく姿を見せるアイツの名は

『記憶』

殺したくなる程愛おしい僕の友達だ

己の罪を悔い改め聖者の如く歩む者

彼の歩幅は時に狭く、時に広い

彼の発言は時に弱く、時に強い

彼の生命は時に消え、時に灯る
彼が歩みを進めることで彼の罪はより深くなり、彼はまた一歩聖者へと近づいてゆく
己の中で

バランスを崩すことが怖いのだろう
安心して崩すがいい
君の視点から見る世界はいつでも真っ直ぐだ
君はいつだって世界の神だ

この世界には70億もの神が存在する
本当に君が恐れているのは自分の強さだ
それ以上に君が恐れているのは世界の弱さだ

暗い道を歩き闇に恐怖を感じるのは人間だけだろうか
同種の死に喜びの声をあげるのは人間だけだろうか
死を意識しながら生きるのは人間だけだろうか
欲のために他種を殺すのは人間だけだろうか

己の強さを認めようとしないのは人間だけだろうか

今更何が言いたいのだ

今更なんだよ

手を伸ばして掴んだモノを思いっきり引っ張ったんだ

全てがボクに近づいてきたよ

もしかしたらボクが全てに近づいたのかもしれないけど

声に出して自分の本心を曝け出したんだ

皆がボクの意見に耳を傾けてくれたよ

もしかしたらボクが皆に聞こえる様な大声を出したのかもしれないけど

全人類の為に凄く大きな希望を作ったんだ

全ての人間達がボクにひれ伏しずる賢い笑顔を向けてきたよ

もしかしたらボクのあまりの小ささを笑ってしまったのかもしれないけど

手を伸ばして掴んだチャンスを思いっきり引っ張ったんだ

全てがボクに近づいてきたよ

もしかしたらボクが全てに近づいたのかもしれないけど

声に出して自分の本心を曝け出したんだ

皆がボクの意見に耳を傾けてくれたよ

もしかしたらボクが皆に聞こえる様な大声を出したのかもしれないけど

全人類の為に凄く大きな希望を作ったんだ

全ての人間達がボクにひれ伏しずる賢い笑顔を向けてきたよ

もしかしたらボクのあまりの小ささを笑ってしまったのかもしれないけど

ボクは皆のことが大好きなんだ

だから全然気にしてないからね

全てを終わらせることに成功した男
乾いた空を飛ぶ鳥もいない
澄んだ湖を泳ぐ魚もいない
汚れた街を歩く人もいない
全ての基準を共に消した幸に浸り

男は神を信じ最後に自分を終わらせた
すると神は生命を落とし始めた
鳥を、魚を、人を
そして最後に男を
神は笑いながら男を見ている

真実のもとに作られた常識や決まりがある
真実のもとに作られた優しさや厳しさがある
真実のもとに生まれた愛や命もある
友情が、家族が、仕事が、健康が、喜びが、美しさが、希望が

全ては真実のもとに作られた
人は皆真実に生きている
その真実全ては嘘だけど
僕は真実の中生きている

とても優れていて他の低能な者共を利用し世に存在する

ゆる快楽や贅沢、傲慢さや理不尽な押しつけを良しとす

された数少ない選ばれし存在を信じ目指す

洗脳された人々を救うため戦い傷つきたくさんの敵を作

りをめいっぱい背負い当たり前に存

せだと信じこませては自問自答を繰

どちらが白で

孤立と博愛が出会い求めた時

一切の理屈は破壊され

偽りの無い真実として消化される

消化された真実により

孤立と博愛は増幅を続け

真実自体を偽りへと変える

消化されない真実は

孤立と博愛を更に増幅させ続け

真実のみが偽りとして終わる

薄汚れた愛を抱きしめ一緒に踊ろうか

孤立と博愛が出会い求めた時

一切の理屈は破壊され

偽りの無い真実として消化される

消化された真実により

孤立と博愛は増幅を続け

真実自体を偽りへと変える

消化されない真実は

孤立と博愛を更に増幅させ続け

真実のみが偽りとして終わる

薄汚れた愛を殺して一緒に踊ろうか

心が壊れたのか
瞳がいかれたのか
また今日も泣きたい

時間が麻痺させるのか
理性が人にしてるのか
人間らしいってなんなんだ

素直な気持ちを疑いだした先には

過去を否定しても
妄想を形にできても
結局なにも残らない

停滞している現状に悩み
先に進めば後悔が生まれ
また結局考えるのをやめる

素直な気持ちを疑いだした先には

心が瞳が過去が理性が
結局全てがいかれてる

人間らしいってなんなんだ

疑いこそがそれなのか

僕は勇気が無いからこの場所をずっと守ってるんだ

この場所に居るとみんなが僕を頼ってくれる

この場所は僕をヒーローにしてくれる

でも僕は欲張りだから本当は何処へ行ったってヒーローになりたい

あそこでも、そこでもね

だからいつも君が羨ましい

君は勇気があるからこんな場所など守らず旅をする

1人では不可能な目標だって仲間と協力して達成する
何処へ行ったって君はヒロインになれる
でも君は欲張りだから本当は自分だけの場所を探してる
あそこでも、ここでもね
だからいつも僕が羨ましい
僕はずっと君が欲しいけど、君もずっと僕を欲しがるから、いつまで経っても一つになれないね

可愛い猫に噛まれた痛み
その痛みを忘れたくないから傷口を触る
傷が治ってしまったらまた会いに行こう
あの猫はまた噛んでくれるだろうか
優しい誰かに連れ帰られていないだろうか
雨に凍えて死んでいないだろうか
とても心配だよ

僕を噛んでくれる猫は他にいないからね

この事を知ったら君は僕を噛んでくれないんだろうね

だから僕はいつも少しだけ痛い顔をするんだ

噛まれた僕より置き去りにされた君の方が痛いのは分かってる

それでも行ってほしくないと噛み付く君を置き去りにするんだ

僕たちはなぜ傷つける事でしか繋がれないのかな

すごく風が強くてさ
でも全然嫌じゃなくてさ
なんか分からないけどすごく嬉しくてさ
でも二人とも笑ってなかったよね
もしあれが嘘だとしてさ
記憶か感情のどっちかが嘘だとしてさ

そんなのすごく悲しくなるけどさ
それでも不思議じゃないのはなんでだろうね

嘘ってさ、ほんとにあるのかな
あったらさ、なんで嘘なのかな

これが嘘なのかな

そこら中に蔓延している愛を
片っ端から掻き集め、抱き締めた
みんなは笑顔で男を見守った
隙間から次々にこぼれ落ちるこの粗悪な愛を
必死に掻き集め、必死に抱き寄せる
みんなはこれ以上我慢できないと一斉に吹き出した

男は戸惑ったが、ゆっくりと両手を広げた
行き場を失ったそれらを男は心配したかったが
男の手の中に、既にそれらは無かった
するとみんなの優しい笑顔が戻ってきて
粗悪な愛と優しさに抱かれた男は
今までとは違う笑顔で生きてゆけた

風と共に飛んできた種はさ
偶然この地に辿り着いたんだ
そのとき降った雨も
そのとき差した陽の光も
全てが偶然だったんだ
根を張り少しずつ成長してさ
鮮やかに実らす枝もあり

静かに枯れてく枝もある

この実が地に落ちたときキミはなにを思うかな

またきっと偶然が重なって芽が出るんだ

待っているボクに偶然なんて言えないよね

でもボクは言うよ

全て偶然なんだって

ぐるぐると回る星の上で出会った二人

向かい合ってしまったから二人は逆に回ってしまう

ボクは右でもキミは左

ボクが前ならキミは後ろ

向き合うことで二人は迷ってしまう
同じ方向を見れば互いの顔が見えず不安になるし
だからしっかりと手を繋いで一緒に歩くんだ
真っ直ぐ前を見て歩くんだ

ぼくのおいしいクッキーを誰かが勝手に食べちゃった
誰にも見つからないように隠しておいたのに誰かが勝手に食べちゃった
ぼくはクッキーを横取りされるのが心配だから立派な鍵をかけておいたんだ
誰にも見つからないように暗いお部屋に隠しておいたんだ
それなのに誰かが勝手に食べちゃった

どんなクッキーだったのか、どんな味かも忘れちゃってたけど、でもきっと大好きなクッキーだったんだ

もしかしたら二度と食べなかったかもしれないけど、それでもぼくは大事にとっておきたかったんだ

悲しいなあ

覚えてないけど悲しいなあ

この世界から争いごとを無くしてくれ

ボクは彼にお願いをした

すると彼はこう言った

「君に頼まれることを知っていたから2週間前にやっておいたよ。でも新たな争いが起きてしまった」

だからボクはもう一度彼に同じお願いをした

すると彼はこう言った

「また君に頼まれることを知っていたから3時間前にやっておいたよ。でも今、新たな争いが起き始めた」

どうすればこの世界から争いごとが無くなるの?

すると彼はこう言った

「まず、君が求めることをやめなさい」

ボクは彼を悪だと勘違いした

空を見たければ外に出ろ

疎外感に耐えられなければ人を信じろ

絶望が怖ければ孤独に希望を見出せ

利用されたくなければ賢くなれ

敵を排除したければ味方に迎えろ

楽をしたければ人を動かせ

もし、文句を言いたければ迫害される覚悟を持て

同じことだ

あの道は終わりへと向かっている

しかしこの道を歩む者が後を絶たない

ぼーっと空を眺めているのと変わりはないさ

あの青い傷は痛みを知らない

しかしこの赤い傷はいつでも青く光りたがる

口に入れた飴玉はいつか必ず消えるのさ

あの空を見上げる少女は主観でモノを見ない

しかしこのやんちゃな猫は分かっていながら口にしない

互いに殺し合い生き延びているのさ

我慢を握り締め希望を捨てるんだ

両手を広げ絶望を抱き締めるんだ

さあ、全ての現実から目を背け手を取り歌い踊ろう

初めから存在すらしていないのだから

あの道は終わりへと向かっている

しかしこの道を歩む者が後を絶たない

ぼーっと空を眺めているのと変わりはないさ

あの青い傷は痛みを知らない

しかしこの赤い傷はいつでも青く光りたがる

口に入れた飴玉はいつか必ず消えるのさ

あの空を見上げる少女は主観でモノを見ない

しかしこのやんちゃな猫は分かっていながら口にしない

互いに殺し合い生き延びているのさ

我慢を握り締め希望を捨てるんだ

両手を広げ絶望を抱き締めるんだ

さあ、全ての現実から目を背け手を取り歌い踊ろう

初めから存在すらしていないのだから

あなたが私の正面に立った時、私はあなたに正面の顔を見せる

あなたが私の背後に立った時、私はあなたに背後の顔を見せる

私はあなたに全てを見せるが、その全てが真実とは限らない

私だけが知る真実を、あなたは疑うことで満たされる

あなただけが持つ虚構を、私は真実とすることを許す

真実が虚構になり、私とあなたは満たされる

私だけが知る虚構を、あなたは信じることで満たされる

あなただけが持つ真実を、私は虚構とすることを許さない

虚構が真実になり、私とあなたは満たされる

あなたは私を疑う、だから私はあなたを信じる

あなたは私を信じる、だから私はあなたを騙す

私とあなたの間には、常に真実と虚構が存在し、その全てが真実であり、
その全てが虚構でもある

あなたが私にそうするように

あなたが私の正面に立った時、私はあなたに正面の顔を見せる

あなたが私の背後に立った時、私はあなたに背後の顔を見せる

私はあなたに全てを見せるが、その全てが真実とは限らない

私だけが知る真実を、あなたは疑うことで満たされる

あなただけが持つ虚構を、私は真実とすることを許す

真実が虚構になり、私とあなたは満たされる

私だけが知る虚構を、あなたは信じることで満たされる

あなただけが持つ真実を、私は虚構とすることを許さない

虚構が真実になり、私とあなたは満たされる

あなたは私を疑う、だから私はあなたを信じる

あなたは私を信じる、だから私はあなたを騙す

私とあなたの間には、常に真実と虚構が存在し、その全てが真実であり、
その全てが虚構でもある

あなたが私にそうするように

落書きだらけの街の中、僕の心は穏やかで、とても澄んでいる
欲望に満ちた彼らは皆、他人の隙を窺っている
醜いな、でも可愛いな、でもやっぱり嫌いだな
厚い雲の隙間をゆっくりと待ち続ける木々

僕は時計をチラチラ、木たちは風にユラユラ

眩しいな、でも気持ちいいな、でもやっぱり苦手だな

人は僕を自然に帰し、自然は僕を人に帰す

人は嫌い、でも自然も嫌い、でもやっぱり自分が嫌い

寂しいな、でも嬉しいな、でもやっぱり生きたいな

君の笑顔に会いたいな
少し前まで雨が降っていたのだろう
風が吹き、街路樹が揺れ、雫が落ちてきた
君は歩くのがとてもゆっくりだったね
たまに振り返ってさ、君が追いつくまで待っている時間が何より幸せだった
あてもなく歩いているせいなのか、少しだけ肌寒く感じるよ

君はとても優しい手をしていたね
僕の手は冷たくなってきたよ
寒がりな君を暖めたいけど、もうそれもできそうにないや
君が嫌いだと言っていたその笑顔、僕は大好きだったよ
君の笑顔をさ、今でも必死に思いだしているんだ
風もないのにたくさん雫が落ちてくる
君の笑顔に会いたいな

穏やかな川沿いをふたりで歩くとき
荒れ狂う雑踏をひとりで歩くとき
心の奥底がなに一つ変わらないのは何故だろう
一つの傘を手にふたりで歩くとき
両手を広げ雨を受け入れひとりで歩くとき
心の奥底がなに一つ変わらないのは何故だろう

僕の隣にいる君は、僕の隣にはいないのかな
寒がりな君も、暑がりな僕も、困り顔が上手な君も、笑顔が下手くそな僕も、
遠くにいる君も、近くにいない僕も
いないのかもしれない
また一緒に星空を見に行きたいね
きっと初めて見る星空を
僕たちは、いま何処にいるのだろう

雲が漂う山肌に冷静さと怒りを感じた
どこまでも続く電線に悲痛と愛情を感じた
水かさの増した大河では悲しみがゆらゆらと
進め進めと急かす青光を見たとき、笑わずにはいられないわけで
僕は自分の感情に理解は求めないけれども

君が同じものを見たとき何を思うのか知りたくなるよ
君と僕との時間の中に、共感を喜び合う瞬間はないだろう
僕が君を求めてしまう理由はソレであろう
僕の大好きな曇り空を見てごらん
君の虚ろな目が容易に想像できるから
こんな些細なことでいいんだよ

欲張りな太陽が配慮もなく顔を出す
この時間がどれほど大切なものか彼は知らない
月夜に輝く君の横顔
ずっと見ていたいと願ったのに
時間に囚われた僕らのペース
時間を告げる全てが狂わす

挫けず最後のダンスを見せよう
全てを狂わす僕らのペースで
夜空に浮かんだ太陽の記憶
忘れるわけにはいかないんだ
挫けず最後のダンスを見せよう
全てを狂わす僕らのペースで

穏やかな風が木々を揺らし
朱色の実に惹かれた小鳥達が鳴く
真っ直ぐ地面に向けた私の耳には
地の底深くより水が呼ぶ声
ああ、実に穏やかだ
見事に穏やかを演じきっている
邪心に満ちた私の心

これ程美しい処とて洗い流すことすらできないものか
ああ、実に愉快だ
悲しみ暮れて愉快としか言いようがないのだ
何処まで旅を続ければ、いつまで旅と言い聞かせれば
すれ違う人々がみな私に笑顔を見せてくる
私は自分を笑っているだけなのだが

遠くの窓に優しく光る黄色い灯り
その先遠くチカチカ光る真っ赤な灯り
それより近く見えない君が悲しむ笑う
曇った空は求める雨を降らせはしない

「空を見たいね。ご飯を食べたいね。映画も観たいね。笑ってたいね。心配してたいね。絵を描きたいね。暑かったり、寒かったり。後悔したり。励ましたり。普通ってことについて考えてみたり。馬鹿みたいに褒めてみたり。怒らせちゃったり」

あふれた日々はこぼれた先に助けを探し

「いつまで目を閉じようか」

「ずっとだよ。忘れるまで」

「じゃあ、ずっとだね」

「そう。だんだん私の顔を忘れてきたでしょ?」

「たくさん見えるよ」

「大丈夫。きっと忘れるから」

心は疲れ誘いの風は慈悲深く呼び

「どこへ行くつもり?」

「どこにも行かないよ」

「その先には綺麗な場所があるだけよ」

「じゃあ、一緒に見に行こう」

「ほら、やっぱり私を置いて一人で行くつもりだった」

「ごめん」

「でも私には見えないの。その先の綺麗な景色」

静かに僕は君だけ残し孤独な夜へ

「そっちじゃないよ。逆」

「ありがとう」

静かに響く涙の音は歩みをじらす

「ごめんね。本当にごめんね。君には見えないから。僕にしか見えないから。約束は守ってるよ。綺麗な場所まで目は開けないよ。君が目を開けていたことは知ってるよ。泣いてたことも知ってるよ。綺麗な景色を見たら君の元へ帰るからね。待っててね」

静かに君は眠りの中へ記憶と共に

雲が流れ、草木は育ち、扉は半分

いつからだろう、時が止まっていたのは
あの子の後ろ姿、僕は振り向き、この子は透明

いつからだろう、希望と自由が混同し始めたのは
大切な友は言う、冒険しろと

無音の彼らは言う、抑制しろと
前にも後ろにも進めない僕はしゃがみこみ

しばらく無意味に泣いた
友は背中を叩き、去って行った
立ち上がれと叫んだ彼らは、笑顔で見守った
空を見上げた僕を恐れ、友や彼らは表情を強張らせた
笑顔で立ち上がった僕は、真っ直ぐ空へと歩き出した
不思議な顔した友は去り、安心顔の彼らは狩りに出た
もう少しだ、もう少し、もう少しだけ

きっと冷たいはずだけど
羽毛に包まれたその体は
手のひらでは感じられない
大空を旅する途中の一瞬
君の横を通った一瞬
死を感じた僕はいたたまれず
君を手のひらに乗せた
しかし君は本当の死を教えてはくれなかった

ビルに映った大空は広く
終わりを予期せず死ねただろう
コンクリートの上に横たわる姿に違和感を感じた僕は
柔らかな土の上に君をそっと寝かせた
二度と飛ぶことのできない君
未だ死を感じられない僕
似た者同士の短い旅は
互いを救うことにはならなかった

例えば君と偶然会えた夜に僕が疲れていて眠たかったら

例えば君と散歩に出かけた朝に突然降った雨を僕が嫌いだったら

例えば君と買い物に出かけた夕方に僕もハイヒールを履いていたら

例えば君と海で泳いだ午後に僕がサメを好きじゃなかったら

例えば君とシートを広げたお昼の公園で僕がスポーツを好きだったら

例えば君と星空を見上げた深夜に僕の視力が良かったら
例えば君と友達が紅茶を飲んでる昼下がりに僕が友達と一緒に居れば
僕は君と居たいけど、君はそう思わないかもしれない
君は僕と居たくても、僕はそう思わないかもしれない
君と僕はいつだって違う
例えばの話だけど

冬風に流され静かに消えた白い息

道路に寝転がり星空を見上げたあの日

星の数も、友の顔も忘れてしまった

素敵な記憶は、今や素敵だったということしか覚えていない

今はまだ輪郭のはっきりした記憶たちも

いずれ輪郭を失い全てが無くなり

最後は素敵な人生だったとしか言えないのだろう

たくさんの素敵な人たちと出会い、たくさんの素敵な景色を見て、たくさんの素敵な
喜びを感じ、たくさんの素敵な食事と出会い、でもきっと最後は何も覚えていない

それでも最後に素敵な人生だったと言いたい僕は

消える記憶を求め続けている

美しい風が吹き、優しい波が立つように
ふと気がつくと視界から消えることはない
しっかりと、しっかりとその場に突き刺さり
無意識から生まれたはずの感情は
ケガレタカゼノコンカンダ
そう、言い聞かせてくるのだ
ふと視線を戻すと、波は穏やかさを失い
北から南と西から東が混ざり合っている

境目を探しだした途端、己の愚かさに泣けたり笑えたりして
そして私は自分に言い聞かせるのだ
風はいつだって同じ方向には吹いていない
ケガレタカゼノコンカンダ
ケガレタカゼノコンカンダ
ふと耳をすますと
私の独り言が虚しく響くのである

遠く西より吹く風よ
あなたの運ぶ儚い優しさ
冬とも春とも惑わせる
揺れる木々は心の鏡
舞い散る花は未来を見せ
桜色の絨毯は過去を焼き付ける

辛くはない
でも少しだけ寂しい
遠く西より吹く風よ
あなたの背中を陽が照らす
見えない表情読めない感情
遠く西より吹く風よ
寂しい背中を隠してちょうだい

偉大なあなた

あなたは優しく、嘘をつかず、人を騙さない

だからたくさん傷ついてきた

でも人は傷つけなかった

写真のあなたを見るといつだって笑顔だ

わたしでは到底知り得ないほどたくさん辛い思いをしてきたはずなのに

それはあなたが知っていたから

写真は残り続けるもので、残された者たちへの最後のプレゼントになることを

わたしはあなたから優しさをもらい続け、今ではたくさん笑うことができている

わたしはあなたから笑顔を吸い取ってしまったのかもしれない

今のわたしにできることは、あなたから吸い取った笑顔を人々に吸い取ってもらうことなのかもしれない

それでもいいと思わせてくれるのは、あなたが優しく、嘘をつかず、人を騙さなかったからだろう

あなたのために、みんなのために、1秒でも多く、笑顔で生きたいと思う

偉大なあなたへ

嫌われ者の君だとか

たまに顔を見せてはため息ばかり

でも君が現れなければ彼らは天を仰ぐ

君なくして彼らは生きられない

分かっているのに嫌われ者

君が通った後の虹はみんなに好かれるけども
虹を見た彼らは君の存在をすぐに忘れる
「今日は雨だから行けないや」
都合よく利用されて
また嫌われ者

晴れ渡る空を吸い込み
澄んだ海に心を沈めても
眉間のシワが消えなくなってしまった
優しさ溢れるそよ風を浴び
生命を刺激する日差しを浴びても
ボーッとしたまま視点が定まらない

どこに行けば

誰を想えば

存在しない僕は帰ってきてくれるのだろうか

餌を求める犬を見ても

木陰で休む鳥を見ても

嬉しくもなく、辛くもなく、怒りも、優しさも、未来も、過去も

今の僕には何も無い

6ヶ月が経った
早いのか、遅いのか、そんな時を過ごした
暑くなり、寒くなり、楽になり、辛くなり
繰り返し、繰り返し
同じようで、全く違う日々
人のため、僕のため、あなたのために

これから多くの苦しみや、楽しさや、幸せも、不幸でさえも
全てを受け入れ生きてゆく
消えて無くなるその日まで
遠いのか、近いのか
生きていて、でも、死ぬ
36年が経った
早いのか、遅いのか、そんな時を過ごしている

雲の切れ目から伸びる手招き
怪しく、疑わずにはいられない
僕を守る大きな空間
優しく、疑いの気持ちは全くない
手は僕の首を絞めるのか
大きな空間は僕を押し潰すのか

その場に意識を飛ばしてみると、手を伸ばしていた正体は僕だとわかる
その場に意識を飛ばしてみると、潰してしまう準備をしている僕だとわかる
僕は僕をどこかへ招き、僕は僕を足止めする覚悟もあるようだ
新たに現れたもう一人の僕が僕の背中を押し始めた
更にもう一人の僕が僕の全てを受け入れる顔で見守り始めた
体がフワッと浮いた

求めても叶わぬあなた
あなたなしでは生きていられない
しかしあなたの存在によって私は右往左往している
そんなあなたが喜びであり非常に困難な苦悩でもある
あなたのもとへ行きたくて
だけどもそれは叶わなくて
だからあなたが必要なわけで
しかしあなたは私を求めるどころか視界にも入っていなくて
それを分かった上であなたを求めている私が醜くて

つまりはあなたなしでは生きてゆけない私がいるのです
この気持ちがお分かりでしょうか?
分からずとも私はあなたを求めるでしょう
安心の元に求めるでしょう
あなたがいる限り求めるでしょう
消えてしまいましょう
愚かな者は求めるのです
光り輝く者を求めるのです

木々と、光と、風と、闇と、私と、あなたと
触れる、揺らぐ
目を閉じ、微笑む
真実は、嘘を生み
遠く遠く、高く高く
広がり続けて無くなる時まで

海や、空や、星や、太陽や
全ては守るための嘘
言ってるだけ
思ってなんかない
大きく吸って、ゆっくり吐いて
どうしようもないのです
どうしようもないのです

時計の針が止まる瞬間を見たことがあるかい？
そこには一瞬の奇跡が生まれ、あなたを特別な存在かのように思わせる魔法がある
しかしこれは奇跡でも魔法でもない
有るのはあなたの人に揉まれた過去のみだ
とっくに気がついているあなたは盲目を気取り
また今日も、そして明日も、生きているのかな
なぜなんだ
ならば私だけを見ていればよかったのに
それすらできない君が悲しい
今日も空が青くて、悲しい
今日も風が心地良くて、苦しい

あなたの足が地に着いてさえいれば
苦しめ、苦しめられ、許せないからあなたに問う
なぜなんだ
私だけを攻撃すればよかったのに
標的すら見失ったあなたも悪いし、標的にすらなれなかった私も悪い
まだまださよならを言う準備ができていない
置いてけぼりなんだよ
ゆるせないよ
ゆるしてくれよ
本当にごめん
置いてけぼりなんだよな

ベランダにしゃがみ込んで煙の深呼吸
間も無く仕事を終える太陽が僕の目を細くさせる
建設現場のコンサートにスタンディングオベーション
冷蔵庫を開けてつまみ食い
トイレでおしっこして
シャワー浴びて
ふと気づく
何一つ制限無く自分のタイミングで行動できている
全てが自由だと
手があってよかったな。足があってよかったな。目が見えてよかったな。耳が聞こえてよかったな。
食欲があってよかったな。尿意があってよかったな。体が汚れていてよかったな。

僕がテレビをつけていたら、スマホを手に持っていたら、気づかなかったかもしれない。
木がたくさん生えている
ありがとう
鳥の声が聞こえてくる
ありがとう
みんなが生きている
ありがとう
僕はどうしよっかなぁ
そうだなぁ
ボーッとしてようかなぁ
そうだなぁ

土が固まり風が吹く
そっと目を閉じゆっくり両手を広げ
大きく息を吸い込み静かに還す
我々は立派な頭脳から見放された
愚かさの象徴である心と一つになった
悲しむことなどない

愚かに生きればよいのだ
見える調和を保ち自分を殺し、妬み、恨み、蔑み
全ては心ではなく頭に支配されていたのだから
己の生き方が愚かだと言うのなら
愚かに生きればよいのだ
愚かに生きよ
私にはそんなあなたが余程美しい

ここから見る景色は平和だと皆口を揃える
自由を得た者は孤独と背中で手を握る
笑顔の君との距離は50センチ
老父は手に付いた土とも心を通わせているのだろうか
優しさまで洗い流してほしいと託された雨はうんざりだ
笑顔の君との距離は50センチ
明日会う君なのに思い浮かべるのは数ヶ月前の顔

陸橋の剥がれた塗装をパリパリと捲る
錆の付いた手を見つめる君との距離は50センチ
どうして僕は
いつまで経っても僕は
雨は嫌いと膝を抱える君との距離は50センチ
嬉しくて走り出しちゃう君との距離は50センチ
いつも遠いなぁと思ってしまう君との距離は50センチ

少し肌寒く、肌を刺すほどの日差しも伴う
救いを感じるその存在は、間も無く恐怖へと変わる
共存、裏返し、あたりまえ、疑い、愛、憎しみ
何かあるようで、何もない
愛以外を考えてみるが、そんなものは存在しない
実に愚かである
そこに美しさなど存在しない

しかし愛は、それすらも美しいと呟くから
情けない泣き顔を晒し、また自分に酔うのです
全く情けない限りである
澄んだ青空に、散る桜
私を演出してくれていると、また繰り返す
優しいな
孤独を感じさせてもらえるなんてとても贅沢なことだなと思うのですが、
ですが、

おそらく僕から表現は無限に出てくるのだろうと感じる
それは僕が永遠に満たされているからなのかもしれないし、その逆なのかもしれない
その証拠に、僕は産まれてからずっと幸せだし、その逆でもある

じゃあ僕は何をすればいい？
これであっているの？
答えは変わらない
生きてる意味なんて存在する訳が無いし、ここまで生きてきて人に問う自分が可愛いと思う醜さ

なんかぜーんぶがおかしいよね
いつでも笑っちゃうし泣いちゃう

寂しくて嬉しい
いつもあなたを求めている訳ではないけれども、たまには僕を罵って欲しい
目が覚めたら眠る前
美しさが憎たらしい
確実に何かが産まれては死んでいる
でも、僕は、
なんだか眠たい
ずっと眠っていたいんだ
ほんとうはね

解説

【言葉を綴る】

思い返すと、10代の頃から文章を書く作業はしていた。悪ふざけで自らチェーンメールを作って友達へ送ったりもしていたから、書く行為自体は自然と自分のそばにあったものだと感じる。ただ、何か形にしようと考えたことはなく、そういう機会があるとも想像すらしていなかった。だから『プラスアクト』という雑誌から「言葉を綴る形で連載をお願いしたい」とオファーを頂いた時は、意外であった。と同時に、その作業自体は自分の中へすんなり落とし込めたため、「やります」とお答えした。

「心に憧れた頭の男」というタイトルは、ある種わがままに見えたとしても自分の気持ちに自信を持って素直に生きていきたいという想いから生まれた。世間に存在するひとりとして、結局はすべて頭で考えて行動している。それは、他人から見られる立場の仕事をしているのも大きく、自分の気持ちだけでは動けない。おまえは自分に正直に生きているのか？　自らを見下し皮肉るようなニュアンスも含んでいる。

【創作方法】

実に様々であったが、必ずｉＰｈｏｎｅのメモ機能を使っていた。歩きながら、夜に酒を呑みながら、撮影現場の夜空を見ながら、トレーニングとミーティングの間の15分でというのもあった。創作に向き合う時のモードは自分自身の中にある。入る場所、立つ位置、見る方向。自分をそこに置いて、書いてきた気がする。

外で書く時は、地球と対峙して風を感じ、温度や湿度、人がいるかいないか、その瞬間の自分の状態、世の中を見て思うこと等に気持ちを馳せ、最初の一言目が出てきたら膨らませていくことが多かった。

【作品考察】

初期作品ではカタカナの「ボク」を多用している。自分を指していることでもあり、あなたに対してでもあり、あなたが世間に対して言っていることでもあるのだ。鏡映しのデザインには、私が全く思っていないことを表す時もあった。時にボクは他者であり、他者が見ている山田孝之でもあるから。

一見、壮大に感じる言葉もよく出てくるが、大きな話をしているのではなく、大き過ぎるものを掲示されると人は脳内では理解出来なくなる状況を見据えて、結局は自分に向き合うだろうことを想定した。例えば「人類」。ピンポイントでひとりの人間に対して皮肉っている言い方である。多数派だと思っているあなた、それは表面的であって、結局はみんなひとりなのだと。

猫の物語など、実在はしない。部屋に入ったら黒猫がこっちを見ているような感覚に自分を置いて広げている。でも、土の上にそっと置いた鳥の話は本当だ。16歳くらいの時、事務所前にガラス張りに気付かず激突してしまった鳥の死骸があった。コンクリート上の姿があまりにかわいそうだったので、土を探して歩き回った。植木を見つけてそこに隠した。当時の気持ちを強く憶えていて、ふと思い出した時に書いて残そうと思ったのだ。

対義語や肯定後の否定、自分を笑うことの多さ等、特色も見受けられる。最終作まで「可愛いと思う醜さ」と綴り、素直には終わっていない。上乗せしたりひっくり返したり。発信したり返ってきたり。感情が出たあとに頭で考える弱さ。最後まで「心に憧れた頭の男」である。自分を笑うのも無理ない。

【言葉とデザイン】

印象的なのは読めるギリギリまで文字を暗くした一作。ゆっくり読ませたかった。流さないでほしかった。流れていくものが多い中で、どうしたら残るものになるのか。そこから思いついた手法だ。

大きな漢字2文字と2〜3行だけの作品がある。このデザインはコンセプト的に一度辿り着いたと感じた。それまでつらつらと長文を書いてきた中で、たった2〜3行になると伝わりが弱くなると思い、文中の象徴的な漢字を背景に用いた。見た目的にも面白く、結構好きなシリーズである。しかしその後、やはりたったこれだけの行では伝わらないと悟り、再び言葉を増やしていくのだが。

唯一、真っ白な地色。「真実」を連呼している。白は真実の色にも思える。君たちが真実だと思っているものは、ほとんどが真実ではない。トータルで、皮肉だ。

上下を白黒に割ったデザイン。読んだ時にわかりやすかった。なぜかよく印象に残っている。

後半、役者業以外の仕事もするようになってきて、たくさんの人と出会い、生じる問題も知り、自分の中で情報量が激増した。だからこそ、言葉もデザインも、よりシンプルになったのだろう。

【50／50】

幸福と不幸、喜びと悲しみ、嬉しさと辛さ。私はそうしたものがベースとして50／50なのだと思う。表現する仕事も楽しいが、それと同じくらい苦しみもある。生きたい気持ちと同じくらい死にたいと思う。死に関しては、捉え方が他の人たちと違う自覚がある。「眠りたい」に近いのだ。寝に就く時、このまま目覚めなければ幸せだなと思う時がある。極端に言えば、50／50のバランスが基本なので、生にもしがみついていないし、死も恐れてはいない。どっちにも向かっていない感覚なのだ。だから、ずっと「死」は受け入れている。来ないでほしい気持ち半分、そして、もう半分では待っている。

13年間綴ってきた言葉を見ると、この時はこっちのバランスが勝っていたのだなと、バロメーターで感じたりもする。50／50の思考回路が随所に見え隠れしている。

【朗読】

連載開始当初から、自作を「腐れポエム」と言ってきた。1冊の本になると聞き、写真も撮ったがおふざけも甚だしい。一体誰が、どのように読むのだろう。これは私の「楽しかった日記」ではない。思い出すと辛いこともたくさんある。だから、すべてまとめて声に出して読む作業は、敢えてしっかりと向き合わず、淡々と行なった。鹿児島から東京という都会へ出て来て、忙(せわ)しない環境で綴ってきた言葉の数々。夜の暗い部屋で、ひとりで読む・聴くというのは、あまりよろしくない気がする。そっちに行き過ぎると、私の伝えたいことは伝わらないだろう。寝床へ入り眠りに就くために聴くのは、眠気を誘う音声なのでアリかもしれない。聴きながら読むのは、雑踏の中でもいいし、わかりやすい幸せな光景があったほうがいいように思う。日曜日、家族がきゃっきゃしている公園で、この本を開くことをお勧めしたい。

朗読・山田孝之
1983.10.20～

作・朗読　山田孝之

写真撮影　Sai
装丁・デザイン　松山伸生（有限会社オオマエデザイン）
CD制作　北城浩志
解説インタビュー・編集　船田 恵

アーティストマネージメント　日下和明、西﨑義人（スターダストプロモーション）

『心に憧れた頭の男』
朗読CD付き詩集
山田孝之

二〇二一年一〇月二〇日　初版発行
発行者　横内正昭
発行所　株式会社ワニブックス
〒一五〇-八四八二
東京都渋谷区恵比寿四-四-九　えびす大黒ビル
電話〇三（五四四九）二七七一（代表）

印刷所　大日本印刷株式会社

ISBN:978-4-8470-7111-9

ワニブックスホームページ　https://www.wani.co.jp

※この本は小社刊の雑誌『プラスアクト』における山田孝之さんの連載『心に憧れた頭の男』を再構成し、新たに御本人朗読のCDや解説インタビューを加えたものです。
※デザイン的な要素を含む言葉については敢えて朗読していないため本文中にはCDに収録されてない箇所もございます。